KB151674

바람을 바라보다

바람을 바라보다

ⓒ윤소정 Printed in Seoul

초판발행 2014년 12월 5일 · 지은이 윤소정 · 발행인 박찬우 · 편집인 우현 · 디자인 강주영 · 펴낸곳 파랑새미디어 · 등록번호 제313-2006-000085호 · 주소 서울특별시 마포구 서교동 357-1서교프라자 318 · 전화 02-333-8311 · 팩스 02-333-8326 · 메일 thebbm@korea.com · 가격 9,000원 ISBN 979-11-5721-013-8 03810

바람을 바라보다

윤 소 정

봄의 꽃

꽃잎 하나 뽑으면
그 화사함 한풀 꺾이지만
내 마음은 끝 없다

손 안에 움켜 쥔 바람
감히 무얼 흔들려 하나

손 안에 움켜 쥔 꽃잎
어딜 가려고 하나

내 마음에
꽃씨 하나하나를 심어
봄을 피워야지

손 안에 움켜 쥔

어딜 급히 날아가려 하나
감히 꿈을 삼키려고 하나

오늘처럼 화창한 날에
유난히 흔들리는 꽃잎
바람따라 멀리 날아간다

주먹 사이사이 새어 나오는
꽃잎 하나 둘 애써 붙잡고

오늘처럼
마음에도
드문드문 피는 햇빛에
봄을 피워야지

목차

2장. 봄의 기운

1장.

바람

바람 따라 피고 지는 꽃을 따라

매일 마다 피고 지는 오늘 따라

없는 길로의 여행

바람이 분다

바람을 따라서
써 내려가는
세상 하나뿐인 마음

전달하는 법을 배우고
들여다 보며 이해한다

알 수 없는 표현이
안타까운 지금
눈물이 톡톡 터져 나온다

바람이 불어와
풀어 나가는
세상 단 하나의 마음

나를 쓰다가 그대를 쓴다

가벼이 해 띄우기

뜨는 해 바라보며
밀려오는 파도 저항한다
몸이 완전히 담겨
버거워하다

지난 밤 사라지며
사람들 온기 싸늘하다
지난 별 떨어지며
새로운 소원 기대하고

그래 내 소원은 말이야...

한결
가벼이 바다 깊이 누워
하늘을 우러러 바라보게
태양을 잔잔히 일렁이게
저 파도 너머로 데려가줘

그냥 그러고 싶어서 말이야

나는 나의 것

머리 위

빙그르르

도는 구름

잔뜩 머금은

잿빛 색

톡. 건드려본다

온 몸에

와르르르

한껏 내뿜는

먹구름

뚜뚝. 떨어진다

아니 계속해서 흐르는데

이제 그만

장난을 거둬줄래요

내 눈물은

내가 흘려 볼게요

Espresso Double Shot

겨울을 시샘하는 봄이 온다

마지막 몸부림으로
바람 몰아쳐서
옷깃을 더욱 조인다
또 비를 퍼부어서
우산 안으로 숨는다

입 안에 가득 찬 입김
맴돌다가 한 숨에
후우 뱉어낸다

입 안에 다시 가득 찬
차오르는 한 추억
씁쓸한 겨울이

Espresso Double Shot

겨울을 시샘하는 봄이 온다

아마 겨울의 추억 미워 보여서
extra shot 기대하며 오나 보다

바람의 변화

봄빛 물드는 사월에
아직은 잔잔히
코끝을 찡하게만 하는

잡을수록 멀어지는
그래서 더욱이
마음을 간질이는 그대

애간장 태우는 미련에 분다
변하는 것을 변하는 대로
아려한 것을 아파한 대로

그렇게 흘러 가는 그대

아직은 잡고만 싶은데 분다
변하는 것을 변하는 대로
바람을 쫓아 흐르는 마음

햇빛 스미는 봄날에

그렇게 그대는

바람의 변화를 따라서

왔다가 간다

아픈 이 달래는 이

진정으로 마음 아파 울 때
그 슬픔 다 안아줄 사람 있을까

아픈 이
어른이 되어 가는 것에
어린 아이처럼 울다

달래는 이
아무도 다가오지 않기에
달래는 마음이 바쁘다

감정이 롤러코스터 탄다
울고삼키고참고진정하고달래고
또 운다

굵은 슬픔, 이 무거움
진정 안아줄 사람 있을까

Daydream

멀리 떠나버린 그
돌아오기를 바라며
초침 위의 마음은
느려졌다 빨라졌다

여태껏 알지 못했던 기다림
그대의 마음도 나를 찾나요

여전히 묵묵부답인 그
수화기를 들다가 내려놓는다

햇빛에 매료된 눈이 감긴다

놓치는 노을이 안타까운데
전화 벨을 크게 울려줄래요

아직도 생생한 그 목소리로
더딘 오후의 꿈에서 깨워줘요

편하게 살아가다가

너무 편하게 살고 있나 보다

지난 겨울 코트 털어
떨어지는 눈송이 없듯이
정 떨어져버렸나

너무 편하게 살고 있다 보니
눈송이 녹아
사라진 줄 모르고

마음엔 아직 휑한 바람만 몰아 온다

여러 계절 흘러
그대 코트에서만 떨어져 나갔나

메마름 달아 놓고
나는 아직 지난 겨울살이 중이다

방바닥에 누워

어두운 방바닥에 누워
왔다 갔다 잡혀오는 글귀들
무엇이든 건져 내고는
계속 읊어본다

조여오는 두통에 내뱉을 수 없는 말들 뿐이네
괜찮아 괜찮아 -

싸늘한 방바닥에 누워
종종 걸으며 따스한 탈출구
어디 있나 갈피 못 잡는
나를 그려본다

감싸오는 한기에 얼어붙은 펜을 놓을 뿐이네
괜찮아 괜찮아 -

작은 방랑자는 갈 곳 없다

몰려오는 고민거리 한 가득
어디로 도망가야 하는 걸까

적을 두었던 곳곳이
사람들 물결에 떠내려간다

숨을 핀 곳곳이
텁텁한 공기에 막혀버린다

몰려오는 사람들의 외침
방랑자 점점 쭈그러들고

고장 나버린 마음의 나침반
도대체 어디로 도망가야 할까

소독약

상처가 가득한 채
아무것도 남지 않은
벌거벗은 몸뚱어리
너무도 서늘하다

날아드는 주먹에
바보처럼 맞기만 해
이불 속에서의 꿈도
가위 눌린다

새벽 빛에 유난히 퍼런 멍
소독약을 바르다 퍼붓는다

상처에 물러진 모습
아픔을 핑계 대고
소리를 삼켜버린 채
또 다시 바보처럼 운다

소독약과

엉켜지는 눈물

상처 난 모습

더

일그러진다

투명하지 않은

머리 속으로
부는 칼바람에
생각이 얼어 버린 듯하다

얼굴 사이로
부는 칼바람에
앞길이 갈라져 튼 듯하다

매일 이 거리 걷고 있지만
반복되는 선택의 갈림길

매일 이 곳 지나쳐 갔지만
불투명한 안개의 거리

그저 확신이 없다

마음 안으로
부는 칼바람이 매섭다

정전

다시금 반짝인다
나를 위해서 끝까지 빛나줘

눈이 껌뻑
불도 껌뻑
마음이 통할까 기다린다

힘겨워 보였을까
불이 점점 작아지려 하는데

눈이 껌뻑
불도 껌뻑
마음이 통했을까 두렵다

초라해 보였을까
불은 이내 머나먼 길을 갔다

암전

불은 길을 잃고 오지 않아
나의 갈 길은 이제 어디에

우회전

내가 어디를 향해서 왔는지
기억이 나지 않아
그냥 직진하다가 우회전해
내가 어디로 매일 오갔는지
도무지 알 수 없어
그냥 우회전하다 우회전해
매일같이 달려가는 그곳
그댄 내가 어디 있는지 알잖아요
여기로 지금 달려와줘요
직진하다가
그냥 우회전하면 되니깐요

붙박이 별

밤 하늘에 콕 박혀
별 하나 그리고 두 번째 별
따스한 빛 발한다

저기 밤 하늘에
별 하나 별 둘
내 마음을 벌써 알고 있나
슬픔에 딱 비례하여
행복이 스며든 별빛
나를 향해 비춘다

저기 밤 하늘에
별 하나 별 둘
나에게 눈빛을 흘기고 있다
매일 밤 하는 하소연
이제 지겹지 않냐고
나를 향해 비춘다

저기 밤 하늘에
별 하나 별 둘
나를 한심하게 바라본다
지지리 궁상이란다
다른 길을 가는 건 어때
나를 향해 묻는데

높은 밤 하늘에 빛나는
이유 있는 저 미소 둘
별 하나 그리고 두 번째 별

3:00 AM

뜬 눈으로 지샌다

초침이 찔러도
달빛이 조여 와도
아무렇지 않아

뜬 눈으로 지샌다

바람이 스쳐도
이불을 치워 봐도
서늘하지 않아

새벽을 잃은 두 눈
껌뻑 껌뻑 하기만

뜬 눈으로 새벽을 일으킨다

아침의 해는 뜨지를 않아

침묵의 강

수면 위로 뜬 문제들
풀지 못한 채
한 가득 남겨놓고
나는 가라앉는다

눈물로 차오른 강물에
잡지 못 하는
그리운 기억들의
숨을 끊어버린다

무거운 슬픔을 머금고
아래로 아래로
가라앉으려 한다

깊은 침묵 속에서는
덜 아파할 수 있을 것 같아
그대로 나를 묻어버린다

쿵 짝

쿵하면 떨어지는 박자에
생각의 수를 놓지 말자
감각에 충실하자

마음대로 지휘하는 흐름
안에도 세상이 있으니까
판단은 버려두자

짝하고 들어서는 박자에
세상의 퍼즐이 맞춰지며
자유를 소리치자

이제서야 들려오는 탄성
무릎을 치며 깨달으니까
퍼즐이 완성된다

만드는 꿈의 이상과 나
쿵이 맞아서
우리는 어울리는 짝이다

하루살이

눈을 뜬 순간부터
햇빛에 두 눈이 멀어
수 차례 깜빡여 본다
수면 위에 뜬 듯
아무 저항 없이 그저
빨려 들어간 어느 곳

정신차릴 겨를 없이
어둠으로 깊이 빠져
겨우 바라본 환한 세상
오늘에 뜨고 오늘에 저버린다
하루를 살아가는 허무가
어깨 위로 얹혀진다

허나 수면 아래 재워 둔 영혼
죽지 않아 내일을 다시 깨운다

구두 수선

바짝 붙어 그 그림자 밟는다

어깨가 축 쳐져 있고
당당하던 지난 날의
새 구두 달각거림이 없다

거리가 좁혀지며
그림자의 숨과 맞닿는데
지금 뱉어낸 것은
한 숨인지 담배인지

집 앞을 서성이는
닳아진 새 구두
한없이 초라하게 있다

어두운 밤하늘 때문에
점점 짧아져 간 그림자
자신의 모습이 남아 있기를

마침내 열린 문 그리고 들리는 웃음

"잘 다녀왔나요, 구두를 수선해 줄게요"

낯선 이웃

바람에 낙엽이 떨어지며
벌거벗은 몸이 되는 나무
몰아치는 비에 휘청거린다

다음 계절로 갈아타는 지금
중심을 바로 세우지 못하고
어설픈 자세로 서 있다

그 모습이 낯설지 않아
무겁게 나의 몸을 감싸고 있던
코트를 벗어서 나무에게 입힌다

세상의 무심함에 스러진 이웃들
계절을 되돌려 꽃을 피우려
나의 길 환하게 비추고
추위를 잊어버리게 해준다

낯선 이웃들로부터 되려 따듯해진다

행복 뒤에

온몸을 타고 흘러
녹아 내리는 태양빛
마음속에 담는다

하루 동안 숨어서
참았던 숨을 내뱉고
얼굴에 짙게 묻은 미소
닦아내며 허전함을 본다

억지로 가지려 했던 행복은
알고 보니 별 것 아님을 깨닫는다

뒤로 지는 행복을
애써 잡지 않고서
그냥 떠나 보낸다
익숙하던 무거운 감정들
들춰내며 내게 물어본다

감정의 무게를 다는 건

나만 그러는 게 아니겠지

눈을 떴을 때

서늘한 공기
발끝부터
머리까지
타고 올라온다

얼어붙은 몸뚱어리
알지 못할 압박감
온몸을 휘감는다

지난 밤의 꿈은
하얗게 얼어붙은 듯
일순간에
잊어버린다

눈을 떴을 때
아무것도 남지 않아
두려움만 에워싼다

scene# 키 작은 꽃

narr. monolog - sadness
ready, action.

"대지가 강렬한
주홍의 석양빛으로 물들면
수확의 시기가 온다
논밭의 긴 벼들
고개를 숙이고
뽑혀 가기를 기다린다

논밭의 틈새에
덩그러니 피어나 있는
나는 키 작은 꽃

자라나는 벼들의
새싹 잎에 긁힌 후에
오랜 시간 성장통이다
벼들이 잘려가도

아무런 관심 못 받는
너무 작은 꽃이다

외로움 속에 묻혀진
이런 나의 마음을
누군가 뿌리 채 뽑아주기를

기다리고
또 기다린다."

cut

가을을 잃다

서늘한 바람이 불고
구르는 낙엽을 보면
비로소 가을이구나 한다

붉게 물들어진 낙엽
마치 아름다운 연인

계속 바라다보면
닳아진 낙엽은 바스라지고
인연도 점점 무뎌진다

낙엽은 약한 바람에 순했다

아무런 힘없이 푹푹
밟으면 너무도 진한
향이 스미고 가을은 떠난다

서먹서먹해진 길을 걷다 멈춘다

가을과 낙엽의 사랑

잊을 수 없는 향기가 되어

서서히 땅으로 묻혀진다

집으로 향하는 길

집으로 돌아가는 길에는
긴 고속도로가 소리 없이 눕혀 있다
서로 엉켜진 다리들은
하늘 높이까지 치솟아 어지럽고
어둑한 건 하늘 탓이라
제자리 걸음의 차들을 재촉할 뿐

모두가 돌아가는 길에는
언젠가 깔아놓은 이념이,
허나 지금은 엉켜져서
각자의 마음들이 시속을 올리고
차들 사이에서 클랙슨이 울린다
위독한 건 생각이 아닌 배기 가스라
우리들 모두 피하면 그만이다

그렇게 하늘로 생각을 뱉어 버리고
이 길을 타고서 향하는 집은
너무도 멀어 빨리 벗어나고 싶다

바다에서 / 무거운 짐

가라앉고 있어
겨울의 바다 한 가운데

깊은 그곳에 이끌려
햇빛이 몽롱해지다

머리 위 갈매기 떼
울음이 하늘 곳곳 수신다

가라앉고 있어
맥 없이 이끌리고 있네

마음 속 눈물의 짐
내뱉지 못해 마음 수신다

한 없이
지금
가라앉고 있어

광장

흔들리는 불빛 아래
쉼터 없는 이 밤
길거리의 사람들
사이사이 방황한다

매연으로 가득 차여
비좁은 밤의 광장
사람들의 소리에
귀가 멀어간다

엇갈리는 박자
불안정한 눈빛
떨려오는 다리

광장 울타리 헤매는
이 밤
아픔을 더해주는
사람들은 살인자다

가느다랗게

숨이 조이고

마음의 추락

흔들리는 것에 죽어가는 밤이다

낡은 것들

무너진다
마음으로 지은
우리 안의 안식처가
위태롭게 매달려 있던
조각 하나까지 다
부숴진다

고작 방황하는 이별의
피난처가 되기만 했다

낡은 기억들 다 뜯어낸다

서로가 없는 이곳을 태워
이제는 타고 남은 잿더미

우리는 낡은 것들
잊혀짐 아닌 사라짐이다

서울 : 겨울

서울의 계절은 겨울
걸어가는 거리는 살얼음이다

햇빛이 사라져 가며
나의 계절도 얼어진다

에워싸는 한기에 불어 튼 입술
입김이 잘못 새어 나간다

얼어진 두 손에 마음도 차다

재촉하는 걸음에 미끄러지고
이제는 입김마저 서린다

조용한 서울, 나와 같은 계절
서울 : 겨울

가둠

어둠이라는독백에가둬
오금저리는공포감몰려
구석에쭈그려앉자감겨
혼자라는바람이불어와
급하게써나간다물결체
못알아듣겠다고말아줘
긴급한구조에피가몰려
쏟아내고서이성이달려
어서와서정신병구해봐
겁쟁이도망가라병신체
스릴에가두는것들이란
도망가는피래미들저런
죽어가는독백으로부터
더욱숨막히는숨이붙어
나는눈을감아버린다

2장.

봄의 기운

벌거벗은 나무에 푸른 잎 기대하며

내비치는 진실의 마음 속 바라보며

계속 갖고픈 자유

오늘의 내가 머무는 곳

구름에 가려진 여린 빛
살아 있음을 알리는
어제의 눈물 자국에 스민다

무엇에 얽매이고
또 어떤 것에 절망했는지

알지 못하는 오늘의 새벽
아무도 모르게
조용히 나를 깨워 부른다

그대가 떠나가도
이렇게 내가 머무는 곳은
다시 돌아올 그대 마음 한구석
그리고 그러한 희망의 기도 속 이다

일기장

지나쳐 가는 사람들
지치는 나의 하루
쓰러지고 아파하기를 반복한다
숨겨둔 이런 상처에
과감하게 다가와줌을 기억한다
그대의 따뜻한 손길
그리고 위로의 눈빛
차근차근 속삭이던 목소리
여전히 선명하다
뽀얀 속살을 드러내며
추억을 지워보다가
반 토막 난 지우개에 멈춰본다

아껴둔 나의 일기에
서슴없이 함께해줌을 기억한다
그대의 포근한 포옹
그리고 마지막 입맞춤
아직도 선명하다

항상 함께할 수 없다는

말까지 모두 기억하고 있어

지우개로 지울 수 없는

너무 진실했던 마음이 남는다

고향으로

다행이다라는 말
추억 속의 나를 찾았기에
나를 기다린 사람이 있기에

기억 속의 추억
아닌 추억 속의 기억

행복을 섣불리 만났다가
아쉬움 모른 채 떠나
지금 마음이 무겁고 아프다

사랑의 기억
그곳을 사랑한 만큼 남는
나의 흔적
되찾아갈 옛날이 없어
가물가물해지는 골목

눈물이 계속 흐르는 이유

머물고 싶은 이유

더 잊혀질까 두려워 떨며
나의 흔적을 찾으러 간다

가랑비

가랑비에 젖은 푸른 하늘

하늘 속속들이
촉촉하게 적셔 있다

해는 따스하고 하늘은 서늘한

또
하늘은 고운 아름다움
그 속은 청한 아름다움

가랑비에 젖은 푸른 하늘

구슬 사이사이
앉아서 쉬고 있다

해는 따스하고 하늘은 서늘한

또
구슬은 고운 아름다움
그 속은 여전히 맑음

해가 쉬어가고
하늘 속속들이 맑아지는 비

구슬이 되어
울다 웃는 가랑비

사과나무

풋풋한 사과
그대로부터 열매 맺은
탐스런 과일이다

첫 눈이 내려와 서리지만
계절의 변화
아랑곳하지 않고
더욱이 익어만 간다

살짝쿵 얼은
가슴 깊은 곳에서
사랑이 뭉친다

서로의 눈을 보며
나누는 첫 설렘
춥던 우리는 따뜻해진다

순수한 그대 눈에

녹아버린 마음
사과를 따먹으면-

사과나무는
우리로부터 더욱 커진
탐스런 사랑이다

고마운 숨

숨을 쉬고 있다

지치고 힘든 하루가
버텨 나갈 수 있는 건
아직 남은 희망이다

포기하고 싶은 날에
붙잡을 수 있는 건

함께 살아 숨 쉬는 그대이다

느리고 더딤을
묵묵히 기다려 주는 모습에
안도의 숨을 내쉰다

하루를 살게 해주는
고마운 숨
그대와 나누고 싶다

잘자, 단비

허전한 하루를 마치고
침대에 벌러덩 눕는다

피곤이라는 것이 짓누른다

발 디딜 곳 없이 메마른
하루가 가뭄처럼 부숴지고
오늘의 오늘, 내일의 오늘
생각하며 늘어진다

잠은 밤을 잃고 달아난다

대신 정겨운 빗소리가 들려
해어진 마음 다시금 긴장하고
오늘의 오늘, 매일의 오늘
밤 인사 날린다

잘자, 단비!

밤을 지나 오늘 (할머니의 꿈자리)

반복적인 일상이 바람처럼 지나가고 지금 이 밤은
한없이 잔잔하다

기도로 마음을 정결하게 하며 멀리 떨어진 별들을 본다
외롭다.

지난 인연들 생각나 눈물이 난다 먼저 떠나간 영감

오늘은 힘들어서 일찍 잠자리 드셨나 보다 어서 나도 그
옆에

자리 잡아 누워야겠지 꿈에 들어간다. 밝은 빛 속에서
뛰노는 어린 내 자식들

지금은 무얼하고 있나 궁금해서 다시 아침을 맞이한다.

뒷모습 (아빠에게)

안아 주고 싶은 뒷모습

소리 나지 않게
조용히 흐느끼고 있지요

달려 가지 않아
이 자리 이대로

그대의 마음을
머금고 또 머금는다

안을 수 없지요
삼킬 수 없지요

여러 해 식고 또 달군
그대의 마음을

못다한 말 전해

이 자리 이대로

소리 나지 않게

조용히 속삭인다

그대의 뒷모습을 안아 줄게요

더딘 24시

일년 내내
텅텅대며
지낼 줄 알았지
하루 내내
허허대며
웃을 줄 알았지

그럴 줄 알았었지

다가 갈 수 없어
어루만지는
머리 속의 어느 누구
애틋하다

짚어 볼 때에는
알싸한 향기가 맴돌던
머리 속의 어느 누구
어지럽다

하루 내내

없는 모습

그리며 지내고 있지

24시

그래서 더욱

더디게 가는 듯하다

삼켜버려야겠죠

너무 보고파도
삼켜 버려야겠죠
너무 그리워도
삼켜 버려야겠죠
너무 슬퍼도
눈물 삼켜 버려야겠죠

그것이 진한 벚꽃으로
새로운 마음 피워 주겠죠

달랠 수 없는 마음 삼켜버려야겠죠

청사진

앞에 떨어지는 빗방울
굵직한 소리를 낸다
정확한 한 방울 두 방울
아스팔트 녹아지네
정확한 한 방울 두 방울
진흙탕이 되어가네
질주하고 있는 바퀴
그대로 그렇게 진흙탕 사투에

제동 걸린 바퀴
깊이 끌어 들이는 무엇에
허우적대며 끝까지
저항하려 한다

깊은 자국 남겨
진흙 너머 하늘로 달리고
허우적대는 빗물에
오히려 선명하게 내일이 가까워진다

사랑 공식

치밀한 계산을 통해
내 마음을 풀어본다

간단한 산수를 놓고
자꾸 꼬여만 간다
놓쳐버린 숫자 하나
계속 잊고 넘긴다

그럼
그대 마음을 풀어
나를 볼 수 있을까

사랑은 더하기
그리움 곱하기
질투심 나누기
이별은 빼기

반복되는 계산의 답은 결국

'우리는 하나'

조금만 물러서서 서로를

사랑하기를 희망해본다

소화 불량

하루 종일
먹고 또 먹는다

허해진 속은
채워질 기미가 안 보이고
생각들로만 더부룩하다

헤집는 기억
무언가 잡고만 싶다

통제불능 된
그리움이 점점 더 부풀어
먹고 또 먹기만

허한 마음에
소화가 안 되는 얼굴

멈출 수 없는 식욕은
터져 나오는 보고픔이다

먼지 뭉치

저 구석에 먼지 뭉치
며칠째 게으름에
바라보기만 했다

쌓여가는 그 먼지 뭉치 결국
굽굽한 마음을 일으킨다

간단한 빗자루질 쓱-싹-

혼자됨을 천천히
되살리는 중이다

그대로 남는 묵은 추억 뭉치
활짝 열은 마음의 방에
살랑이는 바람
쏘아대는 햇빛
때문에

더욱 더 눈에 띄는

홀로 남은 먼지 뭉치이다

울다

모처럼 비워진 날
햇살이 따가워
먹구름 사이사이 숨는다

흐느낌
주르륵
뚝뚝뚝
세상 말이 우스워지는 때

여름 장마철
혼자서 미리 보내고 있네

모처럼 비워진 날
햇살이 비추어
세상은 하늘보다 가볍다

허나 모두 가벼울 수는 없는 법

혼자

잔 비우고

크게 웃고

잔 잡아 울고

젓가락 박자

흥 돋우고

들리지 않는

구수한 소리

음정 박자쯤

무시해두자

지금 혼자이니까

맘 비우고

크게 웃고

다시 또 울고

던져버린 옷

기분 돋고

한결 가벼운

외로운 자태

묵직 살이 쯤

무시해두자

지금 혼자이니까

주머니

터덜터덜
걸어 가는 곳곳에
떨어져 나가네

깊게 찌른 그 속엔
아무것도 없어

동전 하나
줍기를 바라듯
땅만 바라보네

낮과 밤 그 사이
큰 변화가 없어

공허함에 부풀어진
마음과 생각이
더 가벼워질 뿐이다

이리저리 굴려봐도

눈물 한 방울

떨어지지 않을걸

아무것도 남지 않았다

주머니 깊은 곳에

그대의 존재

이미 사라지고 없는걸

꿈 꾸는 별

새벽이 머무는 곳을 바라보며
무수히 많은 별들을 세어본다

두려움 속에 울먹이는 마음은
눈물이 되어서 뚝뚝 떨어진다

어두운 시간의 머무름이
오늘따라 길게 느껴진다

야속한 시간은 초조히 가는데
새벽의 별이 환하게 다가온다

몽롱한 꿈으로 이끌리고 있다
어느 곳보다 눈부신 세상으로

새벽이 지난다
오늘부터 꿈 꾸는 별이 되어본다

내일의 빈자리

오늘에는 들리지 않게
마음 속 맺힌 말 속삭여본다

토라진 마음은 처음부터
나 자신 때문이었던 걸까

하나씩 나의 말을 들어본다

위로가 되어서 내주는
마음 속에 내일의 빈자리

조급한 지금
그 모든 것으로부터 잊혀진다

초기화

사탕의 달콤함을 입에 굴리며
내 생각들에 안부를 묻는다

불안한 시간으로부터
훌쩍 여행을 떠나고 싶었지만
시를 쓰는 여유가 좋다

생각이 쉬어가는 때
지금의 모든 것을 초기화

나에게서 기억들은
아주 멀리 도망을 가버렸지만
이렇게 나는 남아 있기에

모든 것을 초기화하고
새로운 나를 위해서 일어서며
생각들에 쉼을 배려한다

마음속 말들을 옹알이면

시는 사탕에 배어 달아진다

감기약

예민한 감정선을 둔하게
부풀리는 씁쓸한 감기약
입 속으로 털어 넣으면
취해서 반쯤 풀리는 두 눈

어두운 하늘에 지는 날들과
힘없이 무너지냐며
겨울 앞두고 벌거벗은 나무가
나를 보며 비웃는다

누구나 잊혀지는 만남에
한 번쯤은 앓는 감기라고
훅 마음에 바람 불어서
어쩔 수 없다고 변명하지만

차라리 시린 바람에 얼어서
내일은 밝아 오지 않기를 ...
깊은 겨울잠에 빠져 들어가

죄이는 기침을 잊고 싶다

이러한 마음을 알아주듯
감기약 거북히 소화되며
애써서 깨어나려는
아픔을 짓누르고 잠재운다

불운의 연주 곡

숨
내뱉는 단어들
박힌 가시

공간 안 그대
공기에 실려서
그리고 나

숨
내뱉는 음표들
묻은 가시

세상 속 나
바람에 실려서
그리고 그대

불안한 노래

미완성과 다른

그 흐름의 연속은

불운의 연주 곡

소리 내서 울어

소리 내서 울어
아픈 심장만 쳐서 뭐해
속 깊이부터 가라앉기만 하는데
아픈 마음 달래서 뭐해
소리 내서 울어

소리 내서 울어
할미꽃 한 아름 물고서
속 깊이 내뱉지 못하는 말인데
희망을 한 아름 물고서
소리 내서 울어

소리 내서 울고 털어버려

생일을 축하해

마지막 장으로 달력을 넘기며
빨간 동그라미 수를 세어본다

그냥 저냥 보내도 될 법한
생일이 오늘에 걸려있다

아픔을 견디고 나를 낳은
엄마가 생각나지만
아직도 어리광 부리는
나는 오늘에 건배를 한다

마음 속에 갇혀 바보스러운
나는 매일이 제자리이다

허공에 잔을 부딪히며
일 년을 털어버리고
오늘에 작별 인사를 한다

혼자서 보내는 생일을 넘기며

새로운 내일에 기울인다

생일을 축하해.

하늘빛

무심코 올려다본 하늘에
먹구름이 떼를 지어 흐른다
뚫린 곳 없이 어둡기만 하다
머금은 빗줄기 곧 쏟아져
나에게로 퍼부어 내린다
나의 갈증은 비가 아닌데 ...
무작정 기다려본 하늘에
한줄기의 빛이 새어 나온다
떼를 짓다 길을 잃어버린 구름
사이로 빛줄기 곧게 뻗어
고마운 하늘빛이 열린다

먹구름 사이로 빛이 새어 나와
나에게 쏟아져 마음이 물든다
목마른 기다림의 끝이 물들어
갖고 싶은 저 하늘이
나에게 무너진다

구름을 볼 때면

나의 하늘은
정신 없이 흘린 눈물만큼
잔잔한 푸름이다

아무것 아닌 세상의 비난은
먹구름이 되어 머물다 퍼부었다

나의 삶은 가뭄에서 벗어났다

띄엄띄엄 흩어진 구름들
따라서 자유로워진다

나의 마음은
시퍼렇게 멍든 상처보다
다부진 하늘이다

순수한 눈과 닫아진 입술은

뭉실 구름으로 뭉개져 존재한다

나의 삶은 새싹들로 피어난다

구름들을 볼 때면
마음이 새로워진다

겨울 나무에게

헐벗어 눈 사이로 숨은 그대

봄이 왔어요
봄이 왔지요

외로이 눈 지탱하고 있는 그대

푸른 잎들 위해
새 자리 새 마음
내어 주지 않겠소

그대 눈을 털어버리지 않겠소

봄이 왔어요
봄이 왔지요

고백

커피잔을 따라 빙빙 돌리는 말
시간의 재촉에 들리지 않는다

마주앉아 바라보는
떨림이 전해질까
듣지 못하는 커피잔

아직은 이르다고
타이르는 서투른
봄의 사랑이다

마시지 못한 커피
점점 식어져만 가서
불안해지는 마음

혹여 잃어 버릴까
두려워서 숨기는
봄의 고백이다

자리에서 일어나 간 그대의 커피잔

손끝으로 돌리다 살며시 입 맞춘다

새 계절

기나긴 겨울 끝에 다가온 녀석
매서운 바람도 끄떡 않더니만
꽃샘 추위에 이렇게 무너져가
얼어있던 나의 감각들을 깨워
굵은 눈물의 다트로
살얼음의 심장 꽂는다
기나긴 겨울 다 가고 온 녀석
나의 쏘는 매서운 말투 감싸네
살얼음의 심장 깨져가며 외쳐
아파, 지금 너무 아파
다음에 천천히 와 주면 안될까

더딘 진심

시간 흘러 가고 있어서
소란한 마음 낯설어져서
지금을 더욱 생각해본다

세월 지나 가고 있어서
익숙한 것들 내려 놓고서
잠시만 비워두고 떠난다

언제나 그리운 것이 있다면
그대와의 마음이 멈춘 그 곳

바람 따라 걷는 새벽 길처럼
차가워진 모습들이
차분히 안부를 물어 본다

계절 변화 하고 있어서
조용한 바람 그리워져서
아주 잠시만 안녕

사랑 멈추어진 것이 아니었지

바람 따라 가는 매일의 여행
아슬했던 모습들이
외로움과 그리움의 끝에서

더딘 안녕을 바람에 건네본다

이 모든 과정을 안아주신 하나님께 감사드립니다.